Gulliver

adapté pour les jeunes lecteurs
d'après Jonathan Swift

illustré par Van Gool

© Pour la création, le scénario et les illustrations : A.M. Lefèvre, M. Loiseaux, M. Nathan-Deiller, A. Van Gool.
Texte de Madé d'après une histoire de Jonathan Swift
Edité et produit par : Creations for Children International, Belgique.
www.c4ci.com
Publié par Les Éditions POP Jeunesse
Tous droits réservés
Imprimé en Singapour

Première partie
L'incroyable voyage

4

CHAPITRE 1

Le naufrage

Gulliver était devenu médecin par vocation. Mais, fervent amateur d'aventures, il n'aurait pas supporté d'exercer son métier au même endroit toute sa vie. Il était donc devenu médecin des mers. On le demandait à bord des bateaux et il soignait les marins malades. Ainsi, il se trouvait à bord de l'*Hirondelle*, un grand voilier de commerce, quand cette histoire incroyable commença. Gulliver, rêveur, était accoudé au bastingage. « Cela fait des semaines que je n'ai pas vu un morceau de terre » se disait-il, quand il remarqua que le ciel s'assombrissait.

L'orage éclata. Le vent soufflait avec violence et des éclairs zébraient le ciel d'un noir d'encre. En quelques minutes, tout l'équipage était sur le pont et tentait en vain de maîtriser les voiles. Gulliver, surpris par la rapidité de l'événement ne bougeait pas. Il regardait les marins s'agiter en criant. Soudain une vague énorme balaya le pont et projeta dans la mer le pauvre Gulliver. Il parvint à saisir un bout de mât arraché et se retourna.

Mais il était trop tard, le navire disparaissait déjà à
l'horizon. « Je suis perdu, pensa-t-il, il n'y a pas âme qui
vive à milles lieues à la ronde ! » Il s'accrocha pourtant
au mât : hors de question de perdre courage ! Il lui
sembla rester des jours à flotter au milieu de nulle part,
à bout de forces, sous un ciel éternellement gris. Par
bonheur, le courant finit par le déposer sur une plage.
Au contact de la terre ferme, il s'évanouit d'épuisement.

CHAPITRE 2

Arrivée à Lilliput

Gulliver reprit doucement connaissance. Il ouvrit les yeux et remarqua que la tempête avait cessé et que le ciel était dégagé. « Quel affreux cauchemar » pensa-t-il en essayant de se relever. Soudain, il réalisa qu'il se trouvait allongé sur du sable mais, pour une raison inconnue, il lui était impossible de se mouvoir. « Non seulement je n'ai pas rêvé, mais je suis paralysé. Je dois être blessé ! » se dit-il, affolé. Il fit une nouvelle tentative pour bouger, mais il était comme collé au sol. Tout à coup, il lui sembla entendre des voix, mais il ne voyait personne.

Gulliver s'inquiéta : « Voilà que je suis en train de devenir fou, maintenant, c'est de mal en pis. » Il referma les yeux et décida de rester immobile pour reprendre suffisamment de forces. C'est alors qu'il sentit comme un grouillement autour de lui. « Je ne vais tout de même pas me laisser dévorer vivant par des insectes répugnants » pensa-t-il. D'un coup sec, il tenta de dégager son bras et cette fois, quelque chose céda.

Gulliver parvint à se redresser et n'en crut pas ses yeux !
Ce n'étaient pas des insectes qui l'entouraient, mais des
hommes, de tous petits hommes ! Ils s'étaient reculés,
terrorisés, quand le lien s'était défait. Et à présent, ils
revenaient, armés d'arcs et de flèches pour lui tirer
dessus à cœur joie. Gulliver se protégea à grand peine
des dizaines de flèches miniatures qui le piquaient
comme des aiguilles.

« Il doivent être aussi surpris que moi de voir un être humain d'une taille différente, réfléchit Gulliver, ils ont peur et c'est normal. Il faut que je leur fasse comprendre que je ne leur veux aucun mal. » Il fit alors un geste d'apaisement avec sa main libre et les petits hommes baissèrent leurs arcs. Soulagé, Gulliver leur indiqua par signes qu'il mourait de faim. On lui porta sans tarder une grande quantité de victuailles minuscules.

Les petits hommes parlaient une langue inconnue de Gulliver. Il comprit pourtant qu'ils admiraient son bel appétit et s'en inquiétaient tout à la fois. Évidemment, ils devaient estimer la nourriture qu'engloutirait chaque jour ce géant sorti des eaux. Dès qu'il eut fini son repas, on transporta Gulliver tant bien que mal sur une sorte de chariot tiré par une vingtaine de tous petits chevaux. Puis, on le traîna vers la ville toute proche.

Voyant que le prisonnier était calme et apparemment inoffensif, les petits hommes lui permirent de s'asseoir, ne lui laissant que des liens aux pieds. Gulliver s'installa sur un muret. De là, il avait une vue merveilleuse sur les toits de la cité. Les maisons blanches et roses s'étageaient sur une petite colline : la ville paraissait prospère et peuplée. Peu à peu, une grande foule d'êtres minuscules s'assembla autour de Gulliver.

Celui-ci voulut en savoir plus sur le sort qui l'attendait et voulut leur parler. Mais dès qu'il ouvrit la bouche, le son de sa voix parut un grondement de tonnerre à la foule qui, paniquée, se dispersa en poussant des hurlements… pareils à des cris de souris ! Mais la curiosité était la plus forte : peu à peu, prudemment, les petites créatures entourèrent de nouveau Gulliver.

« N'ayez pas peur, dit-il doucement, j'aimerais juste savoir où j'ai échoué. » Des enfants, plus audacieux que les autres, grimpèrent sur une tour à hauteur des yeux de Gulliver et se mirent à pépier dans leur langage. Ils répétaient souvent le mot « Lilliput ». Gulliver comprit que c'était le nom du pays où il se trouvait. Il ressortit aussi de leur discours que l'empereur et son épouse étaient en voyage pour quelque temps.

On attendait donc leur retour pour décider du sort de Gulliver. Les enfants se concertèrent soudain, dégringolèrent l'escalier de la tour en riant, puis revinrent une demi-heure plus tard, l'air satisfait. Ils portaient des sortes de cubes avec des lettres. « Quelle bonne idée ! s'exclama Gulliver, vous voulez m'apprendre votre langue ! » Et c'est ainsi que pendant plusieurs jours, Gulliver s'entraîna à parler lilliputien.

CHAPITRE 3

Une prison dorée

Enfin, les souverains de Lilliput revinrent de voyage, impatients de rencontrer le prisonnier géant. Mais quand leurs majestés virent Gulliver approcher, elles maîtrisèrent leur peur à grand peine. Aussitôt, de sa voix la plus douce, Gulliver leur tourna un charmant compliment en lilliputien. Agréablement surprise, l'impératrice, redevenue maîtresse d'elle même, tendit une main miniature à baiser. Ému par cette preuve de confiance, Gulliver se pencha respectueusement et déclara : « Je suis le serviteur le plus fidèle de votre Grâce ! »

Rassurés par tant de courtoisie, l'empereur décida de laisser à Gulliver un peu plus de liberté de mouvements. Il n'était pas encore autorisé à quitter la ville, mais pouvait s'y promener à son gré. Comme les savants lilliputiens souhaitaient étudier ses objets personnels, on lui fit vider ses poches. Il dut donner à regret son peigne en écaille, son couteau à manche de bois et la vieille montre de son père à laquelle il tenait particulièrement.

Gulliver retrouva également six pièces d'or. Il voulait prouver sa reconnaissance à ceux qui lui avaient enseigné la langue lilliputienne et permis d'obtenir la faveur de leurs majestés. Il insista donc pour leur remettre les pièces. Les jeunes Lilliputiens remercièrent chaleureusement leur bienfaiteur pour son cadeau généreux. Compte tenu de leur taille, ils venaient en effet de recevoir une vraie fortune !

Le climat était assez doux et Gulliver pouvait dormir à la belle étoile dans un endroit spécialement aménagé pour lui. Cependant, comme les nuits étaient fraîches, il demanda une couverture. Il n'existait aucun tissu assez grand pour remplir cet office. Aussi, les couturières de la ville se réunirent-elles toute une journée et assemblèrent des centaines de pièces d'étoffes pour atteindre la dimension requise.

À présent, les petits hommes ne craignaient plus le géant débonnaire. Ils s'étaient habitués à sa présence et s'amusaient simplement de le voir passer devant eux, enjambant arbres et maisons et toujours prêt à bavarder ou à échanger une plaisanterie. Gulliver arpentait de long en large les rues de la ville. Il ne se lassait pas d'admirer les bâtiments, les jardins, les œuvres des artisans et des artistes lilliputiens.

L'impératrice appréciait sa conversation et Gulliver fut bientôt de toutes les fêtes. Il se prêtait même de bonne grâce aux caprices de l'empereur. Celui-ci avait organisé une grande parade sur le fleuve qui traversait la ville et voulut à tout prix que Gulliver fasse office d'arc de triomphe sous lequel la barque royale passait et repassait. Le peuple lilliputien, enchanté, applaudissait à tout rompre.

À force de prévenance et de gentillesse, Gulliver devint véritablement le favori des souverains. On lui donna même les clés de la ville, le faisant citoyen d'honneur de Lilliput. Mais Gulliver commençait à souffrir du mal du pays et il s'ennuyait. Un jour il demanda à l'empereur : « Votre Majesté me laissera-t-elle repartir un jour chez moi ? » L'empereur répondit doucement : « Mon cher, vous êtes ici pour toujours. »

« Il n'est pas question qu'une horde de géants dans votre genre vienne nous envahir. » Gulliver eut beau jurer qu'il saurait garder secrète l'existence de Lilliput, le souverain ne changea pas d'avis : « Nous savons que vous êtes notre ami, mais nous ne voulons courir aucun risque. » Désireux d'occuper l'esprit de Gulliver à autre chose, il lui fit porter de précieux manuscrits lilliputiens et toutes sortes de livres d'histoire.

Bien que terriblement déçu, Gulliver apprécia pourtant l'attention. Il se passionna pour la civilisation lilliputienne. En étudiant les ouvrages qu'on lui avait confiés, il apprit que les seuls ennemis des Lilliputiens étaient les habitants d'une île voisine nommée Bléfuscu. Peu de temps après, Gulliver entendit sonner le tocsin. Voyant des gens à leurs fenêtres et d'autres qui couraient dans la rue, il demanda ce qui se passait.

Un Lilliputien tremblant le renseigna : « Quand le canon tonne ainsi c'est qu'un ennemi nous attaque ! » Ce ne pouvait être que les Bléfuscusiens. Gulliver suivit la foule qui sortait à présent des maisons.

Deuxième partie
Adieu Lilliput

CHAPITRE 4

$\mathcal{U}$ne invasion ratée

Une quantité de voiliers puissamment armés avaient surgi de l'horizon. Alors que les Lilliputiens se précipitaient vers les quais, Gulliver s'arrêta près du palais et trouva l'empereur qui contemplait le spectacle, l'air sombre. « Regardez, mon bon ami, murmura sa Majesté, ce sont ces chiens de Bléfuscu qui arrivent. Leurs espions leur ont appris sans doute que notre flotte, trop vétuste, était en réparation. Et maintenant, ils nous envoient ces navires contre lesquels nous ne pourrons nous défendre. »

La reine les avait rejoints sur la terrasse, accompagnée du grand vizir. « Vos soldats attendent vos ordres, votre Grâce » dit ce dernier. Et voyant que son époux ne réagissait pas, la reine ajouta : « Nous n'allons pas nous laisser attaquer sans nous défendre ! » Gulliver voyait que les souverains étaient désespérés. Il interrompit respectueusement ces échanges : « Peut-être pourrais-je faire quelque chose pour aider Lilliput ! »

Il expliqua son plan à l'empereur et demanda : « Il me faut des câbles de belle épaisseur et très résistants, ainsi que de grands crochets de fer. » Le souverain, rasséréné, donna rapidement des ordres et bientôt, Gulliver partait avec l'équipement qu'il avait demandé. Il descendit vers la baie et pénétra dans l'eau. Elle ne montait que jusqu'à son cou, ce qui faisait qu'il pouvait marcher à son aise, les pieds sur le fond sableux.

Pendant ce temps, les Bléfuscusiens voguaient tranquillement vers Lilliput, persuadés d'une victoire rapide et éclatante. Ils approchaient de la côte quand ils virent surgir près d'un de leurs navires une tête monstrueuse. Ils voulurent faire feu mais Gulliver les menaça d'une voix de tonnerre : « Désarmez vos canons et déposez les armes, ou je fais chavirer immédiatement tous vos vaisseaux ! »

Tétanisés par la terreur, les Bléfuscusiens obéirent sans broncher. Ensuite, Gulliver fixa les câbles munis de crochets de fer aux mâts des navires, puis les rassembla sur son épaule et tira ainsi toute la flotte bléfuscusienne vers le rivage. « Vous voilà bien punis, disait-il, c'est très vilain d'attaquer son voisin ! » Dès que les bateaux furent amarrés au quai, les soldats lilliputiens se saisirent de leurs ennemis.

La foule des Lilliputiens en liesse, poussant des vivats et des youyous joyeux accompagna, Gulliver au palais royal. L'empereur le félicita, les larmes aux yeux : « Vous êtes notre sauveur, sans vous, nous étions perdus ! » Puis, sèchement, il ordonna qu'on exécute tous les prisonniers. Gulliver protesta : « Ils se sont rendus, votre Grâce et j'ai espoir qu'à l'avenir, vos deux peuples vivront en paix. »

L'empereur voulut bien se laisser fléchir et épargna les prisonniers. Comme Gulliver l'avait suggéré, il proposa aux Bléfuscusiens d'entamer des négociations. Quelques semaines plus tard, on signait un protocole de paix. Gulliver était enchanté d'avoir réussi à réconcilier les belligérants. Les diplomates bléfuscusiens vinrent le remercier d'avoir sauvé la vie de leurs soldats et l'assurèrent de leur reconnaissance éternelle.

38

a disgrâce

L'empereur de Lilliput tint à décorer Gulliver de la plus haute distinction du pays. Il serait désormais un « Nardac », ce qui voulait dire un seigneur en lilliputien. À la fin de la cérémonie, on avait organisé un somptueux feu d'artifice qui illumina la ville de chatoyantes couleurs. Mais soudain, la fête tourna au drame ! Une fusée tomba malencontreusement sur un tas de paille et l'enflamma. Poussé par un vent tournoyant, le feu se propagea à la vitesse de l'éclair. Déjà les invités se précipitaient avec des seaux remplis d'eau…

Et bientôt, tous les Lilliputiens en firent autant car l'incendie gagnait les premières maisons de la ville. On se rendit compte rapidement que ces efforts seraient insuffisants. Les flammes menaçaient à présent le palais et l'empereur pensait ordonner l'évacuation du bâtiment. Voyant cela, Gulliver eut brusquement une inspiration. Quelques secondes plus tard, le feu était bel et bien éteint, car Gulliver avait fait… pipi dessus !

Il était particulièrement content de lui. Aussi, quand l'impératrice le convoqua au palais, il pensa que c'était pour le féliciter de sa bonne idée. Il fut bien surpris de voir sa Majesté toute pâle et les lèvres pincées qui lui déclara : « Comment vous, un gentleman, avez osé accomplir cet acte dégoûtant ! Vous ne méritez pas votre titre de Nardac et je vous interdis désormais de vous montrer devant moi ! »

L'empereur avait rejoint son épouse et, sur le même ton, abonda dans son sens. D'après lui, l'acte inconsidéré de Gulliver était une insulte et une véritable honte qui rejaillissait sur tout l'empire. Gulliver essaya en vain de se justifier : « Que vos Majestés veuillent bien me pardonner, je ne voulais pas les offenser. Je n'ai pensé qu'à sauver le palais de l'incendie ! »

Les jours qui suivirent, Gulliver tenta à plusieurs
reprises d'obtenir une audience des souverains pour
présenter encore une fois ses excuses. Mais on lui fit
comprendre sèchement que son insistance était
inopportune et qu'on ne le recevrait pas. La disgrâce de
Gulliver était totale. La nouvelle se répandit rapidement
dans toute la ville et la plupart des gens évitaient à
présent de lui parler.

On avait retiré à Gulliver tous ses livres et il n'osait même plus se promener dans la ville comme il l'avait fait si souvent. Désœuvré, il restait assis toute la journée, se lamentant sur son triste sort : « Quelle vie vais-je mener à présent, sans compagnons, sans foyer, ni perspective d'avenir ! » C'est alors qu'un des rares Lilliputiens à lui adresser encore la parole arriva du palais tout essoufflé.

Il était porteur d'une terrible nouvelle : « L'impératrice a
obtenu votre condamnation. Vous risquez la prison et
peut-être même la mort ! » Cette fois, c'en était trop, pas
question de se laisser traiter ainsi sans broncher.
Gulliver estima qu'il n'avait plus rien à faire à Lilliput.
Le soir était tombé. C'était une nuit sans lune et nul ne
remarqua l'ombre géante qui traversait discrètement la
ville et se glissait vers le port.

CHAPITRE 6

En route pour Bléfuscu

Gulliver avait décidé de demander l'hospitalité à Bléfuscu. « Rien ne peut être pire que l'existence qui m'attend à Lilliput ! Espérons que les Bléfuscusiens se souviendront que j'ai empêché l'exécution de certains d'entre eux et me feront bon accueil » se disait-il. Il ignorait la distance exacte qu'il aurait à parcourir et la profondeur de l'océan à cet endroit. En réalité, il ne lui fallut que quelques heures pour traverser le grand chenal qui séparait les deux îles et, à l'aube, il atteignait le rivage de Bléfuscu.

À sa grande surprise, c'est une véritable ovation qui accueillit son arrivée. Dès que le géant avait surgi de l'eau, les soldats bléfuscusiens avait reconnu leur sauveur : « Sans lui, nous aurions été massacrés par les Lilliputiens, venez tous le recevoir comme il se doit ! » À présent, les quais étaient noirs de monde, une foule émue acclamait Gulliver et l'entraînait vers le palais impérial.

L'empereur de Bléfuscu reçut son hôte inattendu très chaleureusement. Il écouta Gulliver lui raconter les dernières péripéties de sa vie à Lilliput et compatit sincèrement à ses ennuis : « Ne vous inquiétez pas, vous êtes le bienvenu ici, aussi longtemps qu'il vous plaira. » Gulliver découvrit avec plaisir que les Bléfuscusiens étaient particulièrement gais et aimables. Ils adoraient les spectacles et les fêtes.

Au grand soulagement de Gulliver, les Lilliputiens ne réagirent pas à sa fuite et ne tentèrent pas de le retrouver. Il se sentit rapidement tout à fait à son aise à Bléfuscu. Il s'était lié d'amitié avec l'empereur qui était un homme fort cultivé ; il conversait avec lui presque chaque jour. Mais malgré cela, il regrettait sa vie d'antan, les courses sur les grands voiliers, son métier de médecin. Il avait perdu son bel appétit et maigrissait.

Tous les matins il se promenait sur la plage, regardant l'océan désespérément vide. Il savait par ses lectures que ses chances d'apercevoir un navire à sa taille étaient inexistantes. En effet, l'archipel où il se trouvait était à des dizaines de miles du monde qu'il connaissait. Mais voilà qu'un jour, il trouva une chaloupe échouée dans le sable. Elle était en bien trop mauvais état pour servir d'embarcation. Cependant, Gulliver sentit l'espoir renaître.

Ne voulant pas décevoir l'empereur, Gulliver n'osait pas lui parler de sa découverte. Mais celui-ci en fut averti et convoqua aussitôt son ami : « Mon cher, lui dit-il, je vois bien que vous vous languissez et malgré le plaisir que j'ai à nos discussions, sachez que je ne vous retiendrai pas si vous souhaitez partir. » Le généreux souverain mit même des hommes à disposition et Gulliver put entreprendre la réparation de la chaloupe.

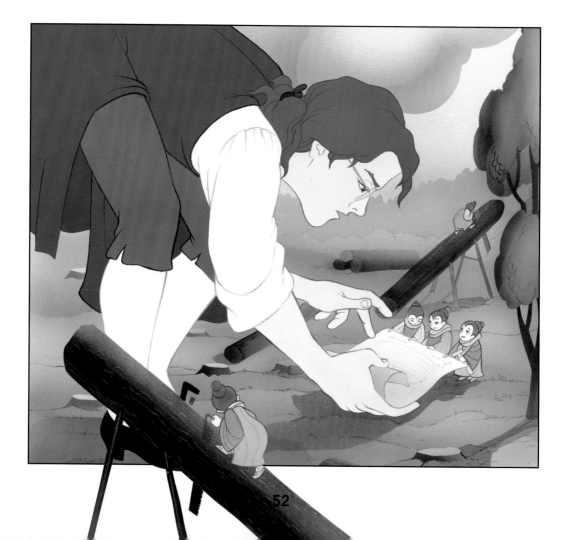

Mais le découpage du bois et l'assemblage des planches représentaient une tâche herculéenne pour les minuscules Bléfuscusiens. Il fallut des semaines de travail acharné pour en venir à bout. Enfin, les derniers rivets furent posés, on enduisit l'embarcation de poix pour qu'elle soit bien étanche et Gulliver put la mettre à l'eau pour l'essayer. La chaloupe flottait parfaitement, Gulliver était fou de joie : son rêve s'accomplissait !

Le jour du départ arriva. On organisa une dernière fête en l'honneur du voyageur et l'empereur lui dit : « Je suis triste que vous nous quittiez, mais je vous souhaite tout le bonheur que vous méritez ! » Les larmes aux yeux, Gulliver remercia le souverain pour ses bontés. On chargea la chaloupe d'une grande quantité d'eau et de nourriture et Gulliver s'embarqua pour un long voyage vers l'inconnu.

Il n'avait aucune idée de la distance à parcourir ni de la direction dans laquelle il devait aller pour retrouver sa civilisation. Il rama jusqu'au large, puis laissa la chaloupe dériver. Les jours passèrent. Les provisions s'amenuisaient et Gulliver n'avait presque plus d'eau. Enfin, le miracle se produisit : un navire marchand apparut un matin et Gulliver réussit à s'en approcher suffisamment pour être recueilli !

Le capitaine du bateau écouta son récit avec scepticisme. Alors, Gulliver lui montra le minuscule carrosse qu'il avait emporté comme preuve de son incroyable aventure.